D0646013

*Le sumo
qui ne pouvait pas
grossir*

Eric-Emmanuel Schmitt

Le sumo
qui ne pouvait
pas grossir

Albin Michel

Alors que j'étais maigre, long, plat, Shomintsu s'exclamait en passant devant moi :

– Je vois un gros en toi.

Exaspérant ! De face, j'avais l'air d'une peau de hareng séchée sur du bois d'allumette ; de profil… on ne pouvait pas me voir de profil, je n'avais été conçu qu'en deux dimensions, pas en trois ; tel un dessin, je manquais de relief.

– Je vois un gros en toi.

Les premiers jours, je n'avais pas répliqué parce je me méfie de moi : il m'arrive souvent de penser que les gens m'agressent en paroles, en grimaces, en gestes, puis de découvrir mon erreur, j'ai interprété, déformé, voire rêvé.

Paranoïa, je crois, on appelle ce genre d'illusion à répétition, oui, je fais de la paranoïa, en plus de l'allergie.

— Jun, calme-toi, tu te massacres, me sermonnai-je. Ce vieux bancal n'a pas pu dire ça.

La troisième fois, à l'approche de Shomintsu, inutile de préciser que j'avais les oreilles aussi écartées que les jambes d'un gardien avant un tir au but : pas question de manquer un mot, de rater une syllabe, j'intercepterais le moindre grognement que cet enfariné m'enverrait.

— Je vois un gros en toi.

— Va te faire foutre !

Ce coup-là, j'étais certain d'avoir bien entendu.

Lui, en revanche, semblait ne pas avoir enregistré ma réponse : il sourit et reprit sa promenade comme si je n'avais pas réagi.

Le lendemain, en s'arrêtant, il s'écria, avec

la mine inspirée de celui qui venait de l'inventer à l'instant :

– Je vois un gros en toi.

– Tu as le cerveau en potage ou quoi ?

Pas moyen de s'en désengluer ! Vlan, tous les jours, il remettait ça.

– Je vois un gros en toi.

– Soigne-toi !

Voilà désormais ce que je répondais, chaque matin, avec, selon mon degré d'exaspération, des variantes telles : « Mets des lunettes, grand-père, tu vas rentrer dans le mur », « On a enfermé des fous pour moins que ça ! », voire : « Me gonfle pas sinon je t'oblige à avaler les trois dents qui te restent. »

Imperturbable, Shomintsu remuait le museau et poursuivait son chemin, hilare, paisible, imperméable au fait que je lui avais gueulé dessus. Une tortue. J'avais l'impression de converser pendant trente secondes avec une tortue, tant son visage était ridé, kaki, dépourvu de poils, percé d'yeux minuscules que masquaient d'antiques paupières, oui, une tortue dont le cou desséché ployait sous le crâne lourd puis disparaissait dans les plis de son costume impeccable, amidonné, carapace rigide. J'en venais à me demander quelle maladie motivait son immuable comportement : était-il aveugle, sourd, crétin ou lâche ? Avec lui, question tares, on n'avait que l'embarras du choix.

Vous me direz que, pour m'en débarrasser, je n'avais qu'à éviter de me trouver le matin à ce carrefour ; seulement, je n'avais pas le choix. À quinze ans, il faut gagner sa vie. Surtout lorsqu'on ne compte sur personne. Si je ne me plantais pas au coin de la rue Écarlate, sous le building en briques roses qui publiait les romans-photos les plus cons du Japon, une place stratégique située entre la sortie du métro et la gare des bus, je n'avais aucune chance d'avoir assez de clients pour fourguer ma marchandise.

En vérité, il m'intriguait, Shomintsu, parce que ce qu'il débitait était carrément débile. Ça me changeait des gens intelligents, bien intentionnés qui, à longueur de journée, me bombardaient de questions genre : « Pourquoi n'es-tu pas à l'école à ton âge ? », « Ta famille sait-elle que tu es là ? », « N'as-tu pas de parents qui s'occupent de toi ? Sont-ils morts ? », autant de phrases sensées, précises, auxquelles je ne répondais pas.

Ah si, parfois une autre question revenait : « N'as-tu pas honte de vendre ça ? » Pour ce coup-là, j'avais une riposte prête : « Non, j'aurais honte de l'acheter », seulement, je ne l'ai jamais utilisée vu que je ne pouvais pas risquer d'éloigner un éventuel piqué.

Bref, ce Shomintsu qui me voyait gros, possédait l'avantage d'avancer à côté de ses pompes, d'avoir l'esprit à l'est quand il marchait à l'ouest ; en cette ville de Tokyo où la foule court dans le même sens, où les gens se ressemblent, il paraissait différent. Je n'irai pas jusqu'à affirmer que ça me le rendait sympathique, non, je n'aimais personne, mais cela me le rendait un peu moins antipathique.

Car il faut vous préciser qu'à l'époque, je souffrais d'allergie. J'étais devenu intolérant à la terre entière. Y compris à moi. Un sujet captivant pour la médecine si elle s'était penchée sur mon cas : je faisais de l'allergie universelle. Rien ne m'attirait, tout me répugnait, vivre me provoquait des démangeaisons, respirer mettait mes nerfs en pelote, regarder alentour me poussait à m'éclater la cervelle contre les murs, observer les humains me filait la nausée, subir leur conversation couvrait ma peau d'eczéma, approcher leur laideur me secouait de frissons, les fréquenter m'ôtait le souffle ; quant à les toucher, à cette seule idée, je pouvais m'évanouir. Bref, j'avais organisé mon existence en fonction de mon infirmité : adieu l'école, je n'avais pas d'amis, j'accomplissais mon commerce sans palabrer, je me nourrissais de produits fabriqués par l'industrie alimentaire – boîtes de conserve, soupes lyophilisées – en les mangeant isolé, coincé entre les planches d'un chantier, et la nuit, j'allais coucher dans des lieux déserts, souvent malodorants, tant je tenais à dormir seul.

Même penser me donnait des douleurs. Réfléchir ? Inutile. Me rappeler ? J'évitais… Prévoir ? J'évitais aussi. Je m'étais coupé du passé et de l'avenir. Ou, du moins, je tâchais… Parce que, si bazarder ma mémoire ne m'avait pas posé de problème tant elle charriait de méchants souvenirs, il m'était plus compliqué d'arrêter de rêver des scènes plaisantes. Je me l'interdisais pourtant, sachant que j'allais morfler au réveil, quand je réaliserais que c'était impossible.

– Je vois un gros en toi.

Que me prit-il, ce lundi-là ? Je ne répondis pas. J'avais la tête plongée si profond dans un seau de considérations sinistres que je n'avais pas remarqué Shomintsu, son arrêt, son attention, sa phrase.

Du coup, il répéta fort :

– Je vois un gros en toi.

Je levai l'œil vers lui. Il nota que je venais de l'entendre et insista :

– Tu ne me crois pas lorsque je t'assure que je vois un gros en toi.

– Écoute, la tortue, je me fous de ce que tu bafouilles ! Je ne veux parler à personne : ça m'épuise ! Pigé ?

– Pourquoi ?

– Je fais de l'allergie.

– Allergie à quoi ?

– De l'allergie universelle.

— Depuis quand ?

— Les allergies, on prétend que ça vient d'un coup, hop, soudain, un matin, tu te réveilles, tu te retrouves allergique. Belle niaiserie, ça ! Chez moi, l'allergie, elle est venue progressivement. Suis incapable de dater le début. J'ai juste conscience d'avoir été autre, avant, y a très longtemps.

— Je vois, je vois…, murmura-t-il d'un ton de connaisseur.

— Non, tu ne vois rien ! Personne ne me comprend et toi encore moins. Tout ce que tu sais voir, toi, c'est ce qui n'existe pas.

— Ton allergie ?

— Non, andouille : le gros en moi !

Exténué, je venais de causer davantage qu'en six mois. Pour en finir avec lui, je relevai mon pantalon de survêtement.

— Regarde mieux, la tortue, j'ai les genoux plus larges que les cuisses.

À cette époque-là, j'étais fier de mes genoux

tant ils étaient laids, disproportionnés par rapport à mon corps. Comme je me haïssais, je ne supportais de moi que ce qui m'apparaissait monstrueux ; presque inconsciemment, j'avais développé une coquetterie à l'envers, une coquetterie attachée à mes défauts, mon rachitisme, mes genoux cagneux et ma pomme d'Adam proéminente.

— Tu vois, pépé, j'ai le look poulet. Articulations épaisses, pas de chair autour.

Shomintsu approuva du chef.

— Cette solide consistance osseuse me confirme mon intuition, s'exclama-t-il, il y a un gros qui sommeille en toi ! Faut le réveiller et le nourrir, qu'il s'épanouisse.

— Stop ! Je ne vois pas l'intérêt de devenir gros.

— Ah non ? Tu te préfères squelettique… Tu t'aimes maigre, sans doute ?

— Je me vomis ! T'as pas entendu ? Je fais

de l'allergie. De l'allergie universelle ! C'est nébuleux, ce que je raconte ?

Ma bouche avait bavardé seule ; je mordis mes lèvres pour la retenir de continuer. Pourquoi me confiais-je à cet épouvantail ? Que m'arrivait-il ? Une crise de sincérité ? Comme si l'allergie chronique ne m'emmerdait pas assez...

Il me tendit un ticket.

– Tiens. Viens assister au spectacle.

Sans analyser, je repoussai sa main car j'éprouvais une répugnance instinctive envers ce qui ressemblait à de la générosité.

– Non.

– Tu refuses or tu ne sais pas ce que je t'offre.

– Je n'en veux pas.

– Dommage, ce sera une compétition superbe.

– Compétition de quoi ?

– Compétition de sumo. Je dirige une

école de lutteurs. Des grands champions vont s'affronter samedi.

J'éclatai de rire. Et là, je rigolais sincèrement, longuement. Si j'avais une certitude, c'était que je n'irais jamais voir un match de sumo, le sommet de ce que je haïssais au Japon, le pic du ringard, le Fuji-Yama de l'horreur.

— Des tas de lard de deux cents kilos en chignon, quasi nus, un string de soie dans le cul, qui s'agitent sur une piste en cercle, merci ! Suffit pas de me glisser une invitation, faudrait aussi me payer pour que j'aille voir des sacs de graisse se foutre sur la gueule. Me payer cher. Vachement cher.

— Combien ?

— Quoi ?

— Combien ? insista Shomintsu. Combien faut-il te payer pour que tu assistes à un tournoi de sumo ?

Sérieux, il cherchait des billets dans sa poche.

Manquait pas d'aplomb, le vieux! Chapeau!
Je grognai d'une façon pas trop désagréable :

– N'insiste pas, la tortue. T'as pas les moyens.
Achète un article si tu veux me rendre service.

À mes pieds, je désignai les objets alignés sur
mon mouchoir posé à même le bitume, ma
raison de stationner sur ce coin encombré de
passants alors que j'étais allergique à l'huma-
nité. L'espace d'une seconde, il y lança un
coup d'œil et grommela :

– Ah non, j'aurais honte d'acheter un truc
pareil.

Là, il m'avait cloué le bec puisque c'était
exactement ce que je pensais.

Négligeant ma proposition, il considéra de
nouveau le tas de billets froissés qu'il tenait
dans sa main.

– Tiens, voici ce que j'ai sur moi.

Il les jeta sur mon étal, puis déposa avec
délicatesse le ticket d'entrée ; tournant soudain les talons, il s'éloigna.

Il m'avait tant surpris que je demeurai immobile, interdit. Ensuite, en vérifiant que personne n'avait suivi notre scène, je me baissai, ramassai l'argent et le calai dans ma poche. Étrange. J'avais presque honte d'avoir gagné autant sans effort.

Pour me nettoyer de ce sentiment désagréable, j'attrapai le ticket de spectacle et le déchirai. « Non, je n'irai pas voir ton match de sumo. Non, la tortue, il n'y a aucun gros qui sommeille en moi. Non, grand-père, tu ne m'achèteras pas. » À chaque morceau que déchiquetaient mes doigts, je reconquérais ma dignité.

Les jours suivants, les évènements s'acharnèrent contre moi. Pour les nécessités de mon commerce, je décidai de changer de lieu de vente, ce qui provoqua des catastrophes en série. En réalité – et cela je ne le compris qu'après –, les prétextes dont je me servis pour me convaincre de bouger cachaient une

seule vraie raison : éviter de revoir Shomintsu.
Mal m'en prit…

Le lendemain, je me pointai dans un quartier neuf et j'étalai mes marchandises sur un boulevard fort fréquenté.

Il l'était tellement qu'une heure plus tard, je découvris que, cinquante mètres à droite, cinquante mètres à gauche, des hommes arrangeaient à leurs pieds des produits identiques. À peine m'aperçurent-ils qu'ils me prièrent de déguerpir.

– Pourquoi ? ripostai-je. Vous êtes propriétaires du trottoir, peut-être ?

– Deux c'est déjà trop, trois c'est impossible. Tu dégages, le môme !

– Je n'empêche pas l'un de vous de partir.

Me doutant que les concurrents se détestaient, je pensai malin de les opposer, de les dresser l'un contre l'autre. Manque de chance ! C'est le contraire qui arriva : les ennemis furent ravis de pactiser contre un intrus. J'eus beau crier, contre-attaquer, me débattre, ils parvinrent à me confisquer ma camelote et à la balancer dans les égouts. J'aurais volontiers continué à cogner, puis tenté de leur rendre la pareille en déplumant leurs étals, mais je saisis en un éclair qu'il fallait d'abord que je récupère de la marchandise à vendre.

Derrière les hangars où s'opérait le trafic de contrebande qui me permettait de survivre, je mis plusieurs heures à dénicher mon fournisseur, un Chinois aux dents en or qui ne prononçait jamais une phrase complète, qui n'utilisait même pas les mots ; il se contentait d'énumérer des sommes en indiquant avec l'index qui devait les donner ou les recevoir.

Heureusement, grâce à l'argent que m'avait laissé Shomintsu, je pus me procurer plusieurs cartons. Cependant, lorsqu'à la nuit tombante je quittai la ruelle, quatre voitures de police déboulèrent en trombe : le service des douanes opérait une descente inopinée !

J'eus le bon réflexe quoique un peu tard ; « le bon réflexe », car, d'un geste brusque, je me délestai de mes cartons pour devenir un promeneur flânant dans le coin par hasard ; « un peu tard » puisqu'un des policiers eut le temps de me repérer. Celui-ci, le plus jeune, un sec, un teigneux, un qui se décolorait les cheveux pour devenir blond, lesquels cheveux, trop résistants, s'étaient arrêtés à la teinte orange, se mit à vociférer comme s'il avait remporté le loto.

– Il a jeté des cartons ! Il a jeté des cartons ! glapit-il en voltigeant hors de sa voiture.

Pour qui il se prenait, celui-là ? Il s'imaginait qu'il jouait dans un film américain ou quoi ?

Moi, j'affectai de croire, en tordant une tête

intriguée, qu'il s'adressait à quelqu'un derrière moi.

Buté, cabochard, enfermé dans son trip du « je suis le meilleur policier de Tokyo », il brandit son arme, fondit sur moi, vociféra une formule qui devait signifier « couche-toi par terre », mais qui s'égara vers le suraigu de sa voix et, parce que je ne réagissais pas, il sauta, me plaqua au sol. Quel taré !

Pendant ce temps-là, ses collègues se déployaient en courant dans les rues et hangars alentour. Les sirènes ajoutaient leur stridence à l'angoisse qui figea le quartier.

Je patientai quelques secondes, le temps de me remettre de la chute, le temps de mesurer ma poisse d'être tombé sur un zélé hystérique.

— Lâchez-moi, murmurai-je avec calme.

— Tu as jeté les cartons, là !

— Non.

— Si. Tu as jeté les cartons ! Je t'ai vu.

— Prouvez-le.

— Je suis flic. C'est moi qu'on croira.

— Ah oui, t'es crédible, toi, poil de carotte ? C'est crédible un Japonais qui veut passer pour un Suédois et qui ne parvient qu'à ressembler à une télé mal réglée ? Avant de témoigner, change de couleur, Goldorak, sinon les jurés vont vomir !

Voilà, évidemment, je n'avais pas pu me retenir : à chaque mot que je prononçais, j'aggravais mon cas, or plus ce type pesait sur moi en m'empêchant de me relever, plus je devais l'insulter, l'humilier.

— Sûr qu'il vaut mieux couper le son quand tu bêles, sinon on pensera que tu t'es coincé les couilles dans ta fermeture Éclair. Cela dit, si on fait sourdine sur la V.O., t'es convaincant en super-héros, Goldoroux ! Ouais, t'as pas hésité, c'était magistral, tu t'es rué sur l'ennemi le plus faible, un ado de quinze ans innocent. T'as même dégainé ton colt, champion ! Bravo ! Tu sais que c'est un vrai revolver qu'on t'a confié à l'école de police, pas un en plastique comme celui que t'avait offert maman pour ton anniversaire. Hein, tu chopes la différence ? T'as perdu le sens des couleurs mais j'espère que t'as gardé le sens des matières. C'est pour de vrai, pas pour de faux !

Lorsqu'il m'ordonna de me relever, je découvris son visage livide, ses yeux fumants, ses mâchoires crispées de colère et je m'arrêtai net. Ne jamais trop humilier le Japonais, sinon il tire. Un mot de plus, je me transformais en bavure policière.

On m'emmena au poste. On m'interrogea. À mon habitude, je ne répondis à aucune question concernant mon identité, mes parents, ma famille, mon adresse. Une crotte de chien aurait été plus bavarde, elle aurait livré des indices ; moi, aucun.

Je les épuisais.

Autant j'avais trop péroré avant l'arrestation, autant je sus me taire après. Inébranlable.

Quand ils revinrent aux fameuses boîtes de marchandises, sitôt qu'ils les ouvrirent devant moi, je dirigeai un regard consterné sur les objets qu'ils en sortaient et me contentai de soupirer :

– J'aurais honte de vendre ça.

Gênés – parce qu'ils étaient d'accord –, ils n'insistèrent pas.

Mon apathie les avait tellement fatigués qu'ils ne pouvaient plus m'encadrer ni supporter leur impuissance ; ils finirent – comme le faisaient toujours les policiers ou les assistants sociaux avec moi – par me renvoyer, histoire de retrouver foi en leur métier.

Le problème, c'est que j'avais dépensé l'argent de Shomintsu à acquérir un matériel que la police des douanes m'avait confisqué. Comment subsister ?

Œil pour œil, dent pour dent, la solution

m'apparut évidente : j'allais piquer les réserves des deux concurrents qui, la veille, avaient balancé mon fonds de commerce dans les égouts.

Je décidai de ne pas me venger en pleine rue – trop dangereux – mais de découvrir où ils habitaient afin de les voler à leur insu.

Pas facile de traquer les voyous, ils se méfient, ils demeurent constamment sur leurs gardes. Néanmoins, après plusieurs jours d'observation, je décelai leurs cachettes respectives et, profitant du samedi soir où chacun alla de son côté se saouler la gueule au saké, je dérobai leurs réserves avec le sentiment de recouvrer mon dû.

Le dimanche, je décidai de ne pas travailler et j'allai à l'adresse officielle que j'avais laissée, une boîte aux lettres ajoutée au milieu des autres, les vraies, dans un immeuble où je n'habitais pas puisque je couchais dehors. Un courrier m'y attendait.

En saisissant l'enveloppe, je reconnus de suite les timbres qu'employait ma mère.

Je glissai sans l'ouvrir la lettre dans mon sac à dos où elle rejoignit ses consœurs. Je ne déchiffrais jamais les messages de ma mère. De toute façon, quelqu'un les avait lus ou écrits avant puisqu'elle était analphabète. La prose d'une analphabète, merci! Ce ne devait être ni frais ni original. J'occupai ma journée à sommeiller sous un échangeur d'autoroute, bercé par le bruit des voitures.

Le lundi matin, je paradais à mon poste habituel, sous le building des romans-photos, heureux, fier de regagner mon travail.

Shomintsu se planta devant moi, l'œil sévère.

– Tu n'es pas venu samedi.

– Ah?

– Je t'ai pourtant payé.

– T'as pas les moyens, pépé, je te l'ai déjà dit, je suis trop cher pour toi. Et puis, je n'avais pas accepté le marché.

– Tiens. Cette fois, je ne te donne pas d'argent, juste un nouveau ticket.

– Je n'irai jamais voir un concours de saucisses qui se culbutent.

– Tu as tort. Je vois un gros en toi.

Il posa le ticket, s'en alla.

Pour une raison que j'ignore encore, je ramassai le ticket et l'enfouis dans ma poche.

Ensuite, les évènements se gâtèrent. Cela commença par une vieille femme, laquelle provoqua un attroupement en critiquant ce que je vendais ; j'avais beau me défendre, elle braillait crescendo :

– C'est une honte ! Une honte !

– Quoi ? protestai-je. Des petits canards en plastique qu'on met dans son bain, ce serait une honte ?

– Certains de ces canards ont des seins, un buste de femme. Et celui-là, avec les tétons rouges ? Il me semble plus proche d'une sirène que d'un canard.

– Faudrait l'entendre chanter pour en être sûr, répondis-je.

– Ceux-ci ne sont même plus des sirènes, ce sont carrément des femmes nues en plastique.

– On n'a pas le droit de mettre des femmes nues dans un bain ?

– Non.

– Alors comment vous lavez-vous, madame ?

– Insolent ! Malheureux ! Voyou !

Étouffant de rage, elle s'éloigna. Comme son esclandre avait attiré les badauds, je découvris les bénéfices de la publicité par le scandale car je vendis copieusement pendant l'heure suivante.

Si copieusement que je ne vis pas arriver les policiers que la vieille en bave, furieuse, m'avait expédiés par vengeance.

Ils me saisirent les épaules avant que j'aie le temps de réagir.

— As-tu un permis, une licence, pour vendre dans la rue ?

— Ben…

— Qui te ravitaille ? Quel est ton pourvoyeur ? As-tu des factures ?

Ces questions puaient la maison de correction où j'allais finir ma vie si je n'improvisais pas une parade immédiate.

Je me mis à hurler, le visage déformé par la douleur.

— Aïe !

Devant la force de mon cri, ils relâchèrent un peu leur étreinte.

Je hurlai davantage.

— Aïe ! Vous m'appuyez là où mon père m'a frappé hier soir.

D'instinct, ils retirèrent leurs mains de mes épaules, soudain inquiets d'avoir affaire à une victime.

Sans lambiner, je détalai à toutes jambes, négligeant mes marchandises.

Je courus une heure dans la ville, traversant plusieurs quartiers pour être certain de ne pas les recroiser, ne m'arrêtant que lorsque le souffle me manqua et que, tempes brûlantes, globes exorbités, je ne sus plus où je me situais.

Planqué derrière les poubelles d'une pizzeria, j'accomplis un geste que je n'aurais pas dû risquer. Pour éviter de me sentir trop seul, j'ouvris mon sac à dos, le seul bien qui me restait, puis, jambes écartées sur la chaussée, je sortis de sous mon linge sale les courriers postés par ma mère, ceux mêmes que j'avais depuis des mois refusé d'ouvrir.

Je les décachetai.

Que pouvait me dire cette mère que j'avais fuie sans commentaire, l'abandonnant un matin dans sa lointaine banlieue en ne lui laissant qu'une adresse bidon à Tokyo ?

Surtout, comment parvenait-elle à m'écrire, l'analphabète ! Chassée jeune de l'école, hermétique aux caractères, ne sachant ni lire ni rédiger, à qui avait-elle demandé de l'aide ? À quelle voisine ? Quel inconnu ? Ses messages, un quidam les avait écoutés avant moi, une des raisons qui m'avaient conduit à les snober… Ma mère avait toujours parlé aux autres avant moi, ma mère avait toujours discuté avec les autres davantage qu'avec moi, ma mère avait toujours porté plus d'attention aux autres qu'à moi. Oui, je n'avais jamais possédé qu'une seule conviction la concernant : j'étais le moindre de ses soucis.

En quoi consistaient ses courriers ?

Dans le premier, il y avait une feuille blanche. Je la retournai, l'approchai, l'éloignai, puis, en l'examinant à contre-jour, j'aperçus une tache ronde qui, attendrissant la trame du papier, ombrait sa couleur. Je reconnus une larme : maman avait pleuré à mon départ.

Dans le deuxième, manquait le papier. Au

fond, coincé entre les plis, gisait seulement un morceau de laine jaune pâle, doux, un brin de mohair pelucheux, celui avec lequel elle tricotait les vêtements de mon enfance. Cela signifiait : je te serre contre moi.

Dans le troisième, il n'y avait rien. Je l'agitai plusieurs fois, souhaitant détecter un détail qui m'échappait. Enfin, en déchirant l'enveloppe, je repérai à l'intérieur du rabat des empreintes de rouge à lèvres qui chuchotaient : « Je t'embrasse. »

Le quatrième s'expliqua clairement : il consistait en une pierre grise, un galet triangulaire aux angles ronds dont le port avait exigé un timbrage coûteux. Maman m'avouait : « Mon cœur est lourd. »

Le cinquième me posa davantage de problèmes : une plume le constituait. Je crus qu'elle déclarait : « Écris-moi », puis je remarquai qu'il s'agissait d'une plume de pigeon, identifiable aux évolutions de ses teintes, ivoire à la racine, cendrée sur les côtés, puis colorée en arc-en-ciel multicolore au bout ; dès lors, le message dégageait deux nouveaux sens, soit « Où es-tu ? », soit « Reviens », car le pigeon voyageur est censé rentrer chez lui. Dans le dernier cas, cela cachait-il un appel au secours ?

Le sixième me réconforta d'abord : il présentait un vieux collier de chien dont le système de fermeture était cassé. Maman me rassurait : « Tu es libre. » Parce que c'était l'ultime message, je finis par douter : il pouvait aussi dire : « Tu es parti et je m'en fous. »

Pourquoi étais-je né d'une mère pareille, une mère que je ne comprenais pas, une mère qui ne me comprenait pas ? Si j'étais sorti de son ventre, je n'étais pas sorti de son esprit ! Cette correspondance confuse résumait notre situation : n'ayant pas la certitude de saisir un propos qu'elle ne savait exprimer avec précision, j'échouais à communiquer ;

cet échec nous rendait, elle et moi, chaque jour plus étrangers l'un à l'autre.

Je m'allongeai pour réfléchir. Quelle crrcur! Les pensées qui déferlèrent se révélèrent si douloureuses que je me prostrais jusqu'au matin suivant.

Pendant une semaine, je me contentai de survivre : en me déplaçant de poubelle en poubelle, en fonction des horaires des restaurants, des éboueurs ou de la police, je parvins à demeurer seul, à me nourrir de déchets, à dormir par intervalles.

Le samedi, je fus réveillé par une douleur aiguë. Un corbeau, m'ayant pris pour une charogne au milieu des ordures, m'attaquait le crâne comme s'il voulait casser la coquille d'un œuf dur.

Mon hurlement provoqua sa fuite. En ouvrant les paupières, je vis, dans le ciel anthracite, un nuage mouvant d'oiseaux noirs qui, soudain inquiets, avaient lâché leur proie.

Tokyo, quatre heures du matin… Peut-être le seul moment où la vie humaine s'offrait un répit, où la ville de goudron, de pierre, de béton dont les échangeurs routiers s'étageaient et s'enroulaient telles des lianes, redevenait une forêt où les animaux allaient boire, se nourrir. Rats et corbeaux fonçaient sur les détritus, les rats lâchant les entrailles de la terre, caves, tuyaux, parkings, gaines, pour s'aventurer dans les rues désertes, les corbeaux abandonnant leurs perchoirs, tours, antennes, piliers électriques, pour déchiqueter de leur bec puissant les corps organiques en décomposition.

Je formulai l'idée que, en réalité, ici, depuis plusieurs mois, plus particulièrement depuis une semaine, je menais la vie d'un rat ou d'un corbeau : je squattais des lieux non habitables, je me cachais, j'avais peur et je m'alimentais avec des restes. Pis, j'étais sans doute moins qu'eux… Parce que, si pour un humain c'est déchoir que renoncer à ses semblables, peut-être que pour un rat ou corbeau, c'est chouette de rejoindre la société des hommes. Une promotion ! Monter à la capitale... Oui, c'était peut-être très snob de faire rat à Ginza – quartier chic – ou corbeau à Shinjuku – centre du business. Par rapport à leurs cousins de province ou de campagne, les rats et les corbeaux de Tokyo pouvaient sans doute se considérer comme des rats ou des corbeaux qui avaient réussi.

Moi, j'étais donc moins que ça. Moins qu'un rat à Ginza ou qu'un corbeau à Shinjuku. J'avais tout perdu – toit, statut, emploi, honneur, dignité –, tout perdu sauf la liberté. Liberté de quoi, d'ailleurs ? Le choix entre la mort rapide ou le malheur un chouïa plus longtemps.

C'est dans cet état que mes pieds, lesquels s'avéraient plus futés que moi, me conduisirent d'eux-mêmes, le samedi soir, au match de sumo. Je sortis du métro à la station Ryogoku et pénétrai au Kokugikan, Palais national du sumo, vaste bâtiment bruissant, bondé. Dans le hall, des spectateurs frustrés m'assaillirent dès qu'ils aperçurent mon ticket, me proposant de le racheter au double ou au triple de son prix.

À peine m'étais-je assis dans mon fauteuil que Shomintsu, placé non loin, se leva et s'élança vers moi.

– Ah, tu es venu !

Il irradiait tant de plaisir que ça faillit m'atteindre, par contagion, j'eus presque envie de sourire. Heureusement, il s'écria :

– Je me doutais que tu débarquerais. Je me doutais que la curiosité l'emporterait.

– Curiosité ? Tu déconnes, la tortue. Je suis venu par pitié. Je veux me dépêtrer d'un vieux pathétique qui voit un gros en moi et qui, deux fois déjà, s'est cassé le dos pour déposer un ticket à mes pieds.

Vous ne pouvez pas imaginer combien, au plus profond de moi, cela me plaisait de charrier Shomintsu, de l'agacer. J'en étais si content que, pour un peu, au lieu de l'insulter, je l'aurais embrassé.

Ma phrase aurait dû l'abattre : d'ordinaire, la compassion, ça tue un Japonais car il n'existe pas plus humiliant.

Il sourit, me glissa à l'oreille :

— Tu as de la chance : c'est le dernier match de mai.

Pendant un éclair, j'eus l'impression que Shomintsu savait voir la vérité en moi, que je faisais le mariole, que je crânais, qu'au fond ça n'allait pas, mais, sans plus traîner, il rejoignit sa place.

Lorsque, guidés par le son des claquoirs et la rumeur qui scandait leur nom, les lutteurs adipeux se réunirent sur la piste pour le salut rituel, mastodontes dénudés ceints de tabliers brodés chatoyants, je crus que j'avais

41

débarqué chez les fous. Autour de moi, les spectateurs, par milliers, des centaines debout parce que tous les fauteuils avaient été vendus, hurlaient leur enthousiasme pour ce chapelet de saucisses multicolores.

Puis, sous un toit de bois suspendu à des câbles qui rappelait les sanctuaires shinto, les combats s'enchaînèrent, ne durant guère plus de vingt secondes, les vingt secondes nécessaires pour qu'un lutteur, sur le ring d'argile couvert d'une fine couche de sable, éjecte son adversaire hors du cercle délimité par les cordes en paille ou envoie au sol une autre partie du corps que ses pieds.

Je trouvai ce jeu si débile que je n'arrivais pas à croire que j'en avais compris les règles. D'autant qu'il y avait une profonde inégalité de chances entre les concurrents puisqu'un homme de cent kilos pouvait en affronter un de deux cents.

Cette nuit-là, si l'intelligence consiste à

changer d'avis, je fis preuve d'intelligence. À cette compétition, j'étais entré hostile ; j'en sortis conquis. Alors que j'avais commencé à regarder avec mes propres yeux, au cours de la soirée, j'empruntai les yeux des autres, ce qui bouleversa le spectacle.

Avec mes yeux, parmi ces sumos dont le plus léger pesait quatre-vingt-quinze kilos et le plus lourd deux cent quatre-vingts, je ne vis d'abord que des malades, des infirmes en surpoids, des obèses qu'on devait d'urgence interner en clinique ; avec les yeux de mes voisins masculins, lesquels, volubiles, commentaient coups, performances, tactiques des joueurs, je me mis à apercevoir des lutteurs sous les monstres, des athlètes sous les boudins. Leur visage placide dissimulait la ruse, leur calibre monumental n'excluait pas la vivacité, leur volume recelait force et muscles. De combat en combat, ils transformaient l'inutile en utile, leur masse devenait une arme, leur embonpoint une puissance, leur lard un marteau ou un bouclier.

Avec mes yeux, parmi ces sumos au corps lisse, à la peau glabre, aux cheveux huileux arrangés en chignon tartignolle, je ne voyais que des bébés géants, de repoussantes poupées vivantes en couches-culottes ; avec les yeux de mes voisines, je soupçonnai qu'ils étaient des hommes, peut-être des mâles attirants, séduisants, voire d'authentiques sex symbols selon certaines jeunes filles qui ne cachaient pas leur désir. Cette découverte fut sans doute celle qui me déconcerta le plus.

Au fur et à mesure que chaque lutteur tentait d'éjecter son adversaire du cercle de jeu, je luttais, moi, contre mes préjugés, puis les éjectais un par un. Non, je ne pouvais pas mépriser des individus qui dévouent leur vie au combat, qui sculptent leur corps, qui prouvent autant d'ingéniosité que de force ; car la masse n'induisait pas la suprématie ; parfois la technique, l'agilité, l'astuce octroyaient la victoire au plus léger. En moi s'esquissait une passion pour ces rencontres, je me surprenais à parier, à classer mes favoris. À la fin, je me levai avec les spectateurs de ma rangée et j'applaudis avec enthousiasme, sans remords, le vainqueur, le fulgurant Ashoryu, devenu mon héros.

D'autant qu'Ashoryu, nommé *yokozuna* – champion des champions – par la fédération, était japonais et qu'il conservait son titre contre deux redoutables *ozekis* – les meilleurs après le yokozuna –, un Mongol, un Bulgare. Nous avions l'impression qu'en l'emportant sur des étrangers, il maintenait le sumo dans le sanctuaire de notre île et qu'il sauvait notre honneur, à nous, les Japonais, inventeurs de cet art. De surcroît les étrangers, murmuraient les femmes derrière moi, surtout les Européens, s'avèrent de vils copieurs : ne sont-ils pas condamnés, à la différence des Japonais, à s'épiler les fesses et les cuisses ?

Shomintsu s'approcha ; là, c'est moi qui lui demandai :

– Un de tes hommes a-t-il gagné ?

– Ashoryu, le *yokozuna*, sort de mon école.

– Mes félicitations.

– Je les lui transmettrai. N'as-tu rien d'autre à me dire ?

– Non. Si. C'est que…

– Je t'écoute.

Je lui posai la question qui, depuis quelques minutes, était devenue la plus essentielle de mon existence :

– Est-il vrai, Shomintsu, que tu vois un gros en moi ?

À mon entrée dans son école située sur une rue parallèle à la salle Kokugikan, Shomintsu m'offrit un thé, m'indiqua ma chambre – un réduit minuscule qui comportait une couche, un placard, un tabouret –, puis demanda à contacter mes parents.

– Je n'en ai pas.

– Jun, je n'ai pas le droit de te loger ici. Tu es mineur. J'ai besoin de leur accord pour te recevoir dans mon centre.

– Je n'ai pas de parents.

– Es-tu né d'un chou ou d'une rose?

– Je suis né d'un homme et d'une femme

mais ils ne sont plus de ce monde. Ils sont morts.

– Ah… Je suis désolé, Jun.

– Moins que moi.

Il me scruta, espérant que je me confie davantage.

– Les deux?

– Les deux.

– En même temps?

– Ils étaient bien arrivés à créer un enfant ensemble… mourir ensemble, facile!

Je fanfaronnais, à mon habitude; je tentais de dissimuler mes souffrances sous des fables, de la colère, de l'exagération, du sarcasme. Shomintsu mordit à l'hameçon.

– Que s'est-il passé?

– Accident de voiture. Mon père conduisait comme une patate. D'ailleurs, mon père faisait tout comme une patate. Moi compris. Il m'a raté. Le seul acte qu'il a réussi, c'est emboutir sa voiture contre un pin parasol en fabriquant des cadavres impeccables, lui et ma mère.

– Quand cela s'est-il produit?

– On parle d'autre chose?

Par la suite, chaque fois que Shomintsu revint sur mon enfance, ma famille, mes études, je répondis à l'identique:

– On parle d'autre chose?

Ces esquives constantes tarirent le questionnement. Par mon avarice de réponses, je crus avoir convaincu Shomintsu alors que – j'allais le découvrir bientôt – je l'avais persuadé que je mentais.

Avec les apprentis, j'étudiais du matin au soir, m'initiant aux quatre-vingt-deux prises autorisées et aux coups interdits, luttant avec les plus légers, exécutant de longues courses pour développer la force de mes jambes, travaillant la poussée, l'assouplissement. Mieux que mes camarades, à cause de ma précédente vie de clochard, je supportais la dureté de notre quotidien, l'absence de chauffage au cœur de l'hiver, les vêtements protecteurs refusés aux aspirants, les combats sur la terre battue qui nous rendaient noirs, sales, la sueur collant la poussière à notre peau. Même les humiliations de mes aînés, même l'astreinte à les servir en esclave ne me coûtaient pas. Je cédai au plaisir inédit d'admirer : lorsque Ashoryu, le champion des champions, lequel logeait ailleurs car ses victoires l'avaient enrichi, venait s'entraîner chez nous, je suivais ses gestes avec passion. Si on le comparait à ses adversaires, il n'y avait pas de raisons objectives qu'il l'emporte : il y avait plus volumineux, plus lourd, plus rapide, plus musclé. En revanche, sitôt qu'il montait sur le *doyo*, il n'y avait pas plus concentré. Il dominait par sa pensée. Quoi qu'il arrive, comme s'il possédait une intuition supérieure qui l'élevait au-dessus de la situation, il optait pour la bonne décision de combat et terrassait son adversaire.

Le contraste entre son aspect massif et sa délicatesse me fascinait. Souvent, après la sieste, il chantait merveilleusement d'une voix soyeuse en jouant de la guitare avec ses doigts délicats. Entre son agressivité dominatrice en compétition et sa douceur dans la vie, il offrait l'exemple d'un duel qui se jouait en lui avant d'être exposé sur le ring.

À la sortie, l'attendait parfois sa jeune sœur, Reiko, une adolescente efflanquée avec des nattes, qui devait avoir quinze ans, une fille que je ne regardais pas. Déjà qu'aucun des apprentis n'osait s'adresser à Ashoryu ni le fixer, de même nous évitions sa sœur.

C'est elle qui, un jour, bondit vers moi tandis que son frère discutait au vestiaire.

– Un jour, je me marierai avec toi.

Je dévisageai cette gamine effrontée mais, parce qu'elle était la sœur de mon idole, je me retins de l'insulter en me contentant de demander :

— Comment le sais-tu ?

— Les filles, ça sait des choses que les garçons ne savent pas.

— Ah oui ? Quoi d'autre, par exemple ?

— Je sais aussi que nous aurons des enfants ensemble.

— Là, je t'arrête : je n'aurai jamais d'enfants. Jamais ! Plutôt mourir !

Ses grands yeux s'emplirent de larmes et, pour cacher un désespoir soudain, l'adolescente enfouit sa tête dans ses mains.

Aussitôt, je craignis qu'elle ne me dénonce en se plaignant à son frère, auquel cas, j'étais foutu : il me briserait comme on écrase une sauterelle.

Or elle sécha vite ses pleurs, se moucha, haussa les épaules en ma direction et, dès qu'Ashoryu passa le seuil, s'accrocha sans un mot à son bras.

Une semaine plus tard, ma peur de représailles dissipée, je ne songeai plus à elle.

Apprendre est agréable. Désapprendre l'est moins. Devenu aspirant sumo, je mesurais combien les apparences étaient trompeuses. Depuis que j'étais entré à l'école de Shomintsu – certains disaient l'écurie de Shomintsu –, une des plus renommées parmi la cinquantaine existant au Japon, je ne cessais de crever mes illusions.

Première idée fausse : manger vous engraisse. Logique non ? Un veau, il s'empâte dès qu'on le gave ; un sac, il s'enfle de ce qu'on dépose en lui ; moi pas ! Moins qu'un sac, moins qu'un veau. J'avais beau me lever à trois heures pour avaler douze œufs durs avant de me rendormir, puis enchaîner à partir de cinq heures six repas au cours de la journée, six collations qui mêlaient riz gluant, soupes riches, viande rouge et poissons gras, je ne parvins, en quelques mois, qu'à avoir l'air normal, remplumé : si je cessai d'avoir la peau agrippée aux os ou les articulations trop anguleuses, je conservai ma taille de pantalon, je n'épaissis pas. Constamment nauséeux, fatigué par une digestion sans répit, j'étais dégoûté, dégoûté de moi, dégoûté de la nourriture. Au début, j'attribuai mon échec au fait que je vomissais ; cependant, après trois mois, ma technique d'absorption s'améliora, je sus enfin, lors d'un écœurement, m'allonger sur le dos en respirant avec précaution pour contraindre mon estomac plein à digérer ; néanmoins la balance n'obéit pas à mes progrès, n'oscillant que d'une centaine de grammes. Je me sentis maudit ! Shomintsu m'expliqua alors que, dans mon cas, la bonne manière de forcir n'était pas de consommer mais de dépenser : je devais intensifier le sport, amorcer un programme de musculation.

Deuxième idée fausse : il suffit de vouloir pour pouvoir. Lorsque Shomintsu établit la liste de mes exercices avec les poids et les haltères, je me convainquis que j'y arriverais puisque je le voulais. Or mon esprit me joua mille coups tordus qui m'empêchèrent d'atteindre mon but, m'offrant toujours une bonne raison de différer l'entraînement, la fatigue, les maux de ventre, une douleur au coude, un coup de blues, une remarque qui m'avait déplu, une blessure reçue en combattant. Plus je persistais dans mon idée de devenir un champion, plus j'apparaissais incapable d'accomplir ma volonté ; celle-ci s'avérait faible, minoritaire, dominée par des instances plus puissantes qu'elle, mes humeurs, ma déprime, ma lassitude, mes limites physiques. Ma volonté ne dirigeait pas le navire, elle restait un marin enfermé dans la cale dont personne n'écoutait les avis.

Troisième idée fausse : Shomintsu devait,

selon moi, appartenir à la religion shinto comme la plupart des sumos depuis mille ans. En réalité, Shomintsu suivait la voix du bouddhisme zen. Il méditait des heures, assis en tailleur et il se rendait à l'occasion dans un jardin zen où il coulait une demi-journée.

Tant de démentis en une année ! Tant de convictions qui s'écroulaient ! Mes repères glissaient, je marchais dans un cimetière d'idées mortes, parmi les tombes de mes anciennes croyances, ne sachant plus quoi penser.

— Tu penses mal, Jun ! m'avoua Shomintsu un jour en soupirant. D'abord, parce que tu penses trop. Ensuite, parce que tu ne penses pas assez.

— Je ne comprends pas : tu dis blanc et noir ensemble !

— Tu penses trop car tu interposes de la pensée entre le monde et toi ; tu bavardes plutôt que tu n'observes ; tu projettes des idées préconçues davantage que tu ne saisis les phénomènes. Au lieu de regarder la réalité telle qu'elle se présente, tu la vois à travers les lunettes teintées que tu te poses sur le nez ; évidemment, derrière des verres bleus, l'univers est bleu ; derrière des jaunes, le jaune domine ; derrière des rouges, l'écarlate tue les autres couleurs... C'est toi qui appauvris ta perception parce que tu n'y vois que ce que tu y mets : tes préjugés. Rappelle-toi, lors du premier match de sumo auquel tu as assisté, le temps qu'il t'a fallu pour passer du mépris à l'admiration !

— Bon, d'accord, je pense trop. Dès lors, comment peux-tu affirmer que je ne pense pas assez ?

— Tu ne penses pas assez car tu colportes, tu répètes, tu ressasses des lieux communs, des opinions vulgaires que tu prends pour des vérités, faute de les analyser. Un perroquet prisonnier dans une cage à préjugés. Tu penses trop et pas assez parce que tu ne penses pas par toi-même.

— Merci. Je ne m'appréciais guère mais avec ce genre de critiques, ça ne risque pas de s'arranger.

— Mon cher Jun, je ne souhaite pas que tu aies une meilleure ou une pire opinion de toi, je souhaite que tu cesses de ruminer sur toi. Que tu te délivres de toi.

Ça, c'était le genre de conseils qui m'échappait, j'y entendais : « Je voudrais me débarrasser de toi », ce qui m'attristait.

Après neuf mois d'efforts, je dressai un bilan : si j'avais bien la taille nécessaire pour devenir sumo – il faut franchir le mètre soixante-quinze –, j'étais loin de rejoindre le poids minimum, soixante-quinze kilos. Il m'en manquait vingt.

Le sumo qui ne pouvait pas grossir

Lorsque je considérais l'hercule Ashoryu, je ne pouvais m'empêcher de saliver. Qu'est-ce que je donnerais pour atteindre cent cinquante kilos, comme lui! Les énormes, les molosses, les titans, ceux qui excédaient les deux cent vingt kilos, je ne les enviais pas, j'estimais qu'ils appartenaient à une autre espèce, tels des monstres préhistoriques égarés dans notre époque, dinosaures ou diplodocus humains qui nous auraient rendu visite. En revanche, peser cent cinquante kilos! Même cent! Voire quatre-vingt-dix!

Un dimanche après-midi, à l'heure de la cérémonie du thé, je rassemblai mes maigres affaires dans mon sac à dos, enfilai mes chaussures de pluie, mis mon manteau et comparus devant Shomintsu.

– Maître Shomintsu – avec le temps, à l'instar de mes confrères lutteurs, je m'étais accoutumé à appeler Shomintsu « maître » –, je déclare forfait. Tout ce à quoi je suis arrivé, c'est à laisser pousser mes cheveux. Au-delà de ça, zéro. Je vais partir.

— Sais-tu pourquoi tu ne parviens pas à grossir ?

— Impasse physiologique. La nourriture, soit je la rejette, soit je la brûle. Je ne l'assimile pas. Une malédiction génétique. Encore un sale cadeau de mes parents. Décidément ceux-là, ils auront accumulé les bourdes. Première erreur : me faire naître. Deuxième erreur : m'équiper d'un corps qui ne profite pas des aliments.

— Combien pesait ton père ?

— On peut parler d'autre chose ?

— On peut ne rien dire, aussi.

Un temps.

— Je vous quitte, maître Shomintsu, il m'est impossible de devenir sumo.

— Pourtant, je vois toujours un gros en toi.

— Vous devez admettre qu'une fois dans votre vie vous vous êtes trompé, maître

Shomintsu. Je n'engraisserai jamais. En plus de l'empêchement physique, il y a un empêchement psychologique : je n'ai pas de volonté.

– Faux. Tu as beaucoup de volonté.

– Ah ?

– Oui, tu trouves mille raisons de te soustraire à ce que tu as décidé. En réalité, tu possèdes un bloc de volonté, mais c'est de la mauvaise volonté. Dommage car le chemin pour monter est le même que pour descendre. Quel métier exerçait ton père ?

– On peut parler d'autre chose ?

Le silence s'installa entre nous. J'aurais pu répéter : « Je m'en vais » or je le laissai prospérer, ce silence, pressentant qu'il en sortirait mieux que ce que je pourrais proférer.

Après un long moment, Shomintsu saisit une noix de cajou dans un bol et me la désigna.

– Je vais t'expliquer, Jun, pourquoi tu ne te développes pas. Si j'enfonce cette noix dans une terre grasse, tendre, bien remuée, il y a de fortes chances qu'elle se développe, plonge ses racines et déploie un arbre au-dessus d'elle. En revanche, si je la pose ici…

Il coucha la noix sur le sol en ciment.

– … elle séchera, mourra. Pourquoi ne profites-tu pas ? Parce que tu ne peux pas te nourrir de toi : tu t'es coupé de ton âme, posé sur un sol artificiel, une graine à même le béton. Sans racines, tu ne croîtras pas !

– Qu'est-ce, le béton, chez moi ?

– L'inconscience.

– Je ne comprends pas.

– Tu agonises parce que tu as tout recouvert, tes émotions, tes problèmes, ton histoire. Tu ne sais pas qui tu es, donc tu ne construis pas à partir de toi.

Je réfléchis longuement puis répliquai avec calme :

– Vous confondez, maître Shomintsu,

c'est vous qui me méconnaissez. Moi, je sais qui je suis.

– Certes, je l'ignore, mais ça ne me gêne pas. À moi, tu peux cacher ton nom, ton origine, tes traumatismes, ça ne m'empêche pas de vivre. Toi, si tu te les caches, ça t'empêche de vivre.

– Sans intérêt, mon passé. Vous seriez déçu.

– Hum… Quand on dit peu, ça cache beaucoup.

– Si je dis peu, c'est pour oublier.

– Là est ton erreur, Jun. Ce qu'on refoule pèse plus lourd que ce qu'on explore. Aujourd'hui, tu peux partir et renoncer à ta carrière de sumo : je ne te retiendrai pas. Cependant, j'ai peur que tu fausses aussi compagnie à ton destin. Continue ainsi, Jun, tu n'auras pas d'avenir.

Ce qui m'embêtait, c'était de sentir au fond de moi qu'il avait raison en demeurant incapable de l'admettre. Je me tus donc.

– D'où viens-tu, Jun ?

– D'un minuscule coin dans l'immense banlieue de Tokyo. On ne sait pas si c'est encore la campagne ou déjà la ville. Une seule certitude : c'est moche.

– Où habitais-tu ?

– Un appartement en haut d'une tour.

– As-tu été heureux dans ton enfance ?

– L'enfance, c'est le bonheur, non ? Faudrait pas en sortir.

– Quand en es-tu sorti ?

– Vers sept ans. À cause de ma mère.

– Qui est ta mère ?

– Un ange.

– Jun, je voudrais que tu me racontes la vérité.

– C'est la vérité, maître Shomintsu. Ma mère est un ange.

– Jun, je préfère que tu te taises.

– Je vous jure que c'est vrai, Shomintsu. Ma mère, on l'appelle l'Ange dans le quartier. Ma grand-mère m'a confié que, dès sa naissance, elle avait reçu ce surnom. Ça vient d'abord de son physique car elle est menue, fine, avec des prunelles magnifiques, imposantes, infinies, et une grande bouche élargie par un sourire constant ; ça vient ensuite de ce qu'elle est vraiment un ange, gentille, serviable, dévouée, de bonne humeur, n'agissant pas mal, ignorant la méchanceté ou la mesquinerie des gens. D'ailleurs, moi, depuis ma naissance, les voisins m'ont nommé « le fils de l'Ange ». Que je me fasse hara-kiri si je mens !

Il acquiesça. Il semblait me croire. Il me saisit la main pour m'inciter à poursuivre.

– Tu dois être fier d'avoir une mère pareille.

– Très fier. Mais quelle souffrance...

– Pourquoi ?

– L'amour. J'en ai manqué.

– Tu prétends pourtant que ta mère...

– Puisque ma mère est un ange, elle

distribue de l'amour à l'univers entier. Tout le monde est important à ses yeux, le voisin, le passant, l'inconnu, l'étranger. Moi, elle ne m'aime pas plus qu'un autre. Or, je suis son fils, le seul qu'elle devrait aimer, si elle n'aimait personne !

Comme je m'étais mis à crier pour expliquer cela, je repris ma respiration et tentai de rester objectif.

— Le jour de mes sept ans, elle avait organisé une fête, un gigantesque repas d'anniversaire avec mes camarades d'école ou du quartier. J'ai été couvert de cadeaux.

— Et alors ?

— Le soir même, elle a donné les jouets que j'avais reçus aux gosses qui avaient pleurniché en prétendant qu'ils n'en auraient jamais de si luxueux. Elle avait dispersé mes cadeaux ! Sans hésiter une seconde. Mes cadeaux ! Sans vérifier si les enfants mentaient ou non. Sans me consulter. Mes cadeaux ! Cette nuit-là, la nuit de mes sept ans, l'âge de raison, j'ai conclu : puisqu'elle m'aime autant qu'un autre, pas davantage, c'est qu'en réalité elle ne m'aime pas.

– Tu es jaloux.

– Non, je suis déçu. Par moi et par elle. Rien d'exceptionnel ne nous lie. Puisqu'elle est exceptionnelle avec tout le monde, avec moi, elle n'est donc que normale. Vexant. Humiliant. Je crois que je la déteste. En fait, je flotte : parfois c'est elle que je déteste, parfois c'est moi.

– Tu l'évoques au présent : elle ne serait pas morte, ainsi que tu l'as prétendu ?

– Non, elle vit. Mais, en tant qu'ange, elle n'est pas de ce monde.

– Et ton père ?

– Lui, il s'est pris pour un ange. Il n'en était pas un.

– Précise.

– Un jour, il s'est jeté du haut de l'immeuble que nous habitions. Dix étages.

– Eh bien ?

– Il s'est écrasé au sol. Mort sur le coup. Ce
qui prouve qu'il n'était pas un ange puisqu'un
ange sait voler.

Maintenant Shomintsu apercevait pourquoi je m'étais tu : au Japon, on ne rappelle
pas le suicide d'un proche, sujet tabou, car
cette ombre dégrade l'honneur d'une famille.

– Tant que mon père était là, je suis allé au
lycée ; enfin, quand je dis « mon père était là »,
je n'emploie pas les mots corrects puisque,
même quand mon père était là, il n'était
jamais là. Il travaillait à Tokyo, nuit et jour.
Si on m'avait demandé de dessiner mon père,
j'aurais dessiné le rasoir électrique dans la salle
de bains, un nom sur la boîte aux lettres, un
placard comprenant trois paires de chaussures
et deux costumes sombres ; j'aurais dessiné
le silence, aussi, oui, le silence qu'il fallait

respecter, le samedi ou le dimanche, lorsqu'il s'enfermait pour tenter de dormir après une garde de nuit. Beaucoup de mes camarades ne bénéficiaient guère de la compagnie de leur père mais la plupart avaient droit à un père-pendant-les-vacances. J'aurais adoré ça, moi, avoir un père-pendant-les-vacances, le type en short, ridicule, insistant, qui s'entête à t'apprendre des tas de trucs emmerdants, le vélo, le patin à roulettes, le ski, la planche à voile, le dribble, ces trucs de garçon qui te permettent ensuite de frimer devant les copains. Moi, je n'avais pas non plus de père-pendant-les-vacances vu que mon père déclinait ses congés, trop occupé par son métier et le remboursement de nos prêts immobiliers.

– Pourquoi a-t-il sauté dans le vide ?

– *Karoshi*. Excès de travail. Infirmier, il assurait à la clinique plusieurs gardes de nuit par semaine en plus des journées de travail ; il dormait peu, mal, de plus en plus difficilement. Ses ennuis ont commencé par des arythmies cardiaques, puis un diabète, le surmenage réveillant ou développant les maladies qu'il portait en lui. À la fin, il était si fatigué qu'à mon avis, il a préféré se suicider plutôt que subir l'infarctus ou l'hémorragie cérébrale qui le guettait.

– Tu as eu de la peine ?

– Je ne sais pas.

– Comment ça, tu ne sais pas ?

– Le jour de l'incinération, alors que les larmes me chauffaient les paupières, j'ai vu ma mère, inquiète, bras ouverts, se précipiter vers moi ; là, j'ai senti que nous allions nous retrouver, nous aimer, nous comporter en vraie mère et en vrai fils qui pleurent le mari et le père disparu. J'allais lui offrir mes sanglots, partager les siens. Or ma mère, à cinquante centimètres de moi, a obliqué sur le côté droit, m'a dépassé, puis a serré entre ses bras un inconnu planté dans mon dos pour le consoler, puis un autre, puis un autre, ainsi de suite. Durant la cérémonie et les heures qui ont suivi, elle s'est occupée des membres de la famille, du plus proche au plus lointain, elle a embrassé des étrangers, d'anciens collègues de mon père, d'anciens patients, le personnel des pompes funèbres, le gardien du cimetière. Un mot gentil pour chacun. Elle consolait, elle souriait, elle plaisantait, elle riait même. Leurs chagrins lui paraissaient plus importants que le sien ou le mien. J'ai donc arrêté de pleurer. Quelques jours après, je suis parti.

Shomintsu opina du chef, suggérant que, dans cette situation, il aurait réagi de façon identique.

– L'horizon s'éclaire, mon cher Jun. J'imagine que tu étais un élève plutôt bon, à l'école, non ?

– Oui.

– Il m'est aisé désormais de comprendre pourquoi tu as quitté l'école, pourquoi je t'ai

trouvé dans la rue en train de vendre des salo-
peries, pourquoi tu manques l'entraînement
que tu t'es fixé : tu crains de travailler parce
que ton père s'est tué au travail, ou que le
travail l'a tué. Une partie de toi estime plus
prudent d'être paresseux ; une partie de toi
souhaite manquer plutôt qu'entreprendre ;
une partie de toi essaie de te protéger, de ne
pas mourir.

Il désigna mon sac à dos.

– Tu pars ?

J'inspirai et répondis avec orgueil :

– Non.

– Tu as raison, Jun. Je vois un gros en toi.

À dater de ce jour, ma volonté eut davantage d'empire sur mon quotidien ; Shomintsu,
en éclaircissant mon présent par mon passé,
avait revigoré ma volonté, il l'avait replacée
au pilotage du navire : je parvins à pratiquer

mon programme d'haltérophilie. Petit à petit, je conquis plusieurs kilos de muscles.

Certes, le découragement me saisissait souvent ; pour me remettre sur le bon chemin, je songeais à notre conversation et me répétais une phrase de Shomintsu : « J'ai dit que c'était possible, pas que c'était facile. »

— Tu progresses, Jun. Tu rates tes combats, mais tu échoues avec style.

— Merci, maître.

Je savais qu'il m'adressait là un compliment sincère car j'avais découvert que, malgré sa fierté de fournir au Japon un *yokozuna* tel Ashoryu, il n'aimait pas le succès en tant que tel, ni la reconnaissance sociale, il n'aimait que le travail bien accompli. Il recherchait l'épanouissement, l'éclosion parfaite de la fleur.

En un an, j'augmentai mon poids, mon volume, ma force. Or quoique me rapprochant des capacités physiques de mes adversaires, je ne gagnais jamais un combat. Avant, je ne résistais pas à l'impact initial, la secousse m'expulsait du ring. Maintenant, plus gros, plus fort, j'encaissais le choc, j'entamais le duel ; ensuite, malgré mes connaissances techniques et stylistiques, je ne prenais pas la bonne décision ou trop tard. Je perdais avec la régularité d'une canalisation qui fuit.

– Qu'est-ce qui cloche, maître ?

– Regarde ce verre de cristal, puis écoute.

Il passa son doigt sur le bord du verre d'où s'éleva un son pur, froid, tranchant comme une lame brillante.

– Magnifique.

– Essaie.

Je tentai de reproduire les gestes de Shomintsu mais du cristal tenu par moi ne s'échappait qu'un son sourd, pauvre.

– C'est la façon dont tu saisis le verre qui t'empêche d'émettre la note : tes doigts écrasent la résonance, le gras de tes phalanges l'absorbe. Tu dois tenir le verre sans le tenir.

Le sumo qui ne pouvait pas grossir

Être là et n'être pas là en même temps. Pareil dans la compétition. Tu dois être là et pas là. Toi et pas toi. Tu dois te hisser au-dessus de toi et de ton adversaire pour englober la situation en ayant l'intuition de l'acte adéquat. Souviens-toi d'Ashoryu.

— Comment parvient-on à cela ?

— Par la méditation. En obtenant le vide en soi.

— Désespérant : avant il n'y avait pas de gros en moi ; maintenant que le gros arrive, il n'y a plus de vide !

— Tu devrais t'initier au bouddhisme zen.

— Le shinto me paraît plus approprié, attendu que les sumos pratiquent le shinto depuis longtemps.

— Le shinto, je l'apprécie, Jun. Seulement moi, Shomintsu, j'ai appris le zen avant le sumo. Je ne peux donc te transmettre que le zen.

— De toute façon, ça n'a pas d'importance parce que shinto, bouddhisme tibétain, bouddhisme zen, c'est sornettes et sucre d'orge. Y en a pas un qui vaut mieux que l'autre. Je m'étonne que vous consacriez du temps à ces vieilles lunes, ces superstitions.

— Tu plaisantes, Jun?

— On n'a pas besoin de religion pour vivre.

— De religion, peut-être pas. Mais de spiritualité, si.

— Foutaise! Pipeau! Du vent, du bruit! Moi, je vis très bien sans ça.

— Ah oui? Tu vis très bien, toi?

Il marquait un point: mon angoisse empirait et je m'en rendais compte.

— Enfin… je… il me semble que… par ailleurs… parce que je…

— Jun, si ce que tu dis n'est pas plus beau que le silence, alors tais-toi.

Une semaine plus tard, le temps d'oublier la honte de ma réponse idiote, je me représentai devant Shomintsu.

— Pourriez-vous m'aider à maîtriser mes pensées et mon corps ?

— Assieds-toi sur le sol en face de moi, bascule le bassin vers l'avant, redresse la colonne vertébrale, concentre-toi sur la verticalité de ta posture.

— Voilà.

— Ne creuse pas le ventre, ne te contracte pas, inspire et expire en douceur.

— Voilà.

— Laisse passer les pensées avec la respiration, laisse-les apparaître et disparaître.

— Elles se bousculent au portillon, mes pensées, elles coulent en torrent.

— Maîtrise le flot.

Après une semaine d'application, puisque j'arrivais à songer plus calmement, il ajouta une tâche :

– Maintenant, tente de ne penser à rien.

– À rien ?

– À rien.

– Comme si j'étais mort ?

– Non, comme si tu étais une fleur ou un oiseau de printemps. Ne pense plus avec ta conscience personnelle, pense avec une autre conscience, celle du monde, pense tel l'arbre qui bourgeonne, telle la pluie qui tombe.

Pendant deux semaines, j'essayai. En vain. Mes pensées demeuraient mes pensées, ma conscience barbotait dans ma conscience, pas ailleurs.

– Impossible. Nouvel échec, maître. Que faire ?

– Allons au jardin.

– Nous allons jardiner ?

– Non, allons au jardin zen.

En accédant au jardin zen, je faillis repartir.

Le sumo qui ne pouvait pas grossir

Sur un rectangle d'une dizaine de mètres, bordé de bancs en vieilles planches, stagnaient des pierres moussues posées entre des graviers ratissés et du sable peigné. C'était crétin. Non seulement ce jardin minéral ne vivait pas, mais je ne voyais pas en quoi ce travail de jardinier paresseux pourrait améliorer ma vie ou dispenser une solution à mes problèmes.

– Assieds-toi et observe.

Par respect pour Shomintsu à qui je devais quelques efforts, je posai mes fesses au bord de cet absurde espace. Dents serrées, front plissé, j'appuyai mes mâchoires sur les poignets et mimai la concentration afin de contenter mon maître.

D'ennui, ou pour éviter l'ennui, ma pensée commença à vagabonder. Je songeai à Asho-ryu, à ma mère. Soudain, je perdis l'équilibre parce que, en déambulant, ma conscience s'était mise à la place de mon père dont je venais de vivre les derniers instants, lorsqu'il

s'était balancé du balcon… J'avais eu le sentiment de tomber avec lui.

Inquiet, je scrutai les regards pour vérifier
que je n'avais pas crié ; les personnes installées
le long du rectangle n'avaient pas remarqué
mon trouble, ce qui me rassura.

Pour me remettre, je concentrai mon attention sur les traces que le râteau avait laissées au
sol. Mes yeux les suivaient avec nonchalance.

C'est alors que l'expérience se produisit.
Au début, je crus à un malaise.

Quoique demeurant assis, j'éprouvai une
étrange sensation. Ça tournait en moi. Ça
tournait autour de moi. Je ne savais si je subis-
sais une vague ou si je devenais une vague.
Quelque chose se préparait, quelque chose
d'énorme, d'immense, de tonitruant.

Puis une force s'introduisit, me gonfla, me
porta, me souleva. Je subis une explosion
douce, pas douloureuse, au contraire. Mon
corps éclata avec volupté, abandonna ses

limites, et ma peau qui se déchirait partit flotter, en plusieurs morceaux épars, disjoints, au-dessus du jardin. Celui-ci avait changé de taille, la simple pierre s'était transformée en montagne, les graviers en lacs, le sable en mer de nuages. Le jardin visible avait cédé la place à un jardin invisible qui dégageait une énergie bienfaisante.

En un instant, je m'éveillai d'un cauchemar dont j'étais prisonnier, je me rappelai une réalité oubliée, ce dont nous étions constitués. Je cessai d'être Jun pour devenir le cosmos, circulaire, immobile et cependant en mouvement.

J'avais l'impression de devenir le vide entre les objets, le vide entre les hommes, le vide entre les mots qui se dépouillaient de leur signification, le vide entre les idées qui se dégonflaient. Je m'étais quitté, j'étais le vide au-dessus de moi, le vide, ce vide qui est le vrai centre du monde.

– Tu médites depuis bientôt trois heures.

La voix de Shomintsu m'obligea subitement à réintégrer le corps de Jun.

– Quoi ? Trois heures ? J'ai… j'ai… je n'ai pas vu le temps passer, je…

– N'explique pas. Je comprends. C'est tant mieux. Tu y es parvenu. Je suis si content pour toi.

En rentrant à l'école, avant de franchir le porche, j'eus un second éblouissement : je revis Reiko, ou plutôt une sublime jeune fille sans rapport avec l'adolescente que j'avais rembarrée un an et demi plus tôt, que je ne reconnus que parce qu'elle attendait Ashoryu, son frère, dans sa limousine.

Marquant le pas, je stationnai bouche bée devant elle, incapable d'avancer ni d'articuler un mot, stupéfait, émerveillé, admiratif.

Ma stupidité, loin de l'indisposer, la fit s'empourprer. Elle baissa les paupières, battit des cils, détourna son visage poudré. Sa nuque avait une grâce exquise, je manquai m'évanouir.

À partir de ce jour-là, je changeai : d'un côté, je méditais et ne songeais à rien ; d'un autre, je rêvais de Reiko et ne songeais qu'à elle.

L'athlète s'améliorait. La méditation amplifiait mon pouvoir de concentration. Grâce à elle, je cessai d'être victime de mes émotions ; je les éprouvais, certes, mais je les distançais aussitôt ; ainsi, en montant sur le ring, j'empêchais le trac de me délester de mes médiocres moyens, je parvenais à ne pas me laisser déconcentrer par le dédain de mon adversaire avant le combat. Désormais, c'était moi qui le dominais, qui l'absorbais, qui le diminuais, qui l'annexais en une simple partie de moi.

Ensuite, je travaillais le *satori*, l'intuition, cette façon de se vider de son ego et d'épouser l'habileté technique. Quand l'arbitre donne le signal du départ avec son éventail, on n'a plus le temps de penser, ou plutôt la conscience n'a plus le temps de penser, il faut que ce soit le corps qui pense. Pendant ces secondes où l'on ne respire plus, on doit lâcher sa foudre sur le partenaire, deviner sa tactique, saisir son moment de faiblesse, enchaîner la bonne prise qui triomphe.

En dehors de mon sport, Reiko m'obsédait, son regard jais, sa natte ébène, la ligne pure de son cou, toujours souple, élancée. Après quelques dimanches, je n'y tins plus, je bondis vers Reiko au moment où elle guettait son frère.

— Reiko, tu es la plus jolie chose que j'aie jamais vue sur terre.

Elle cilla et fixa le sol.

— Tu as beaucoup voyagé ?

— Durant des mois, j'ai vendu des cochonneries en plastique à l'angle d'un carrefour de Tokyo où j'ai vu passer des millions de femmes. Pas une ne rivalisait avec toi. Je serai péremptoire puisque j'en ai la preuve expérimentale : tu es la plus ravissante du Japon.

— Le Japon, ce n'est pas la Terre entière...

— J'ai confiance. Je veux bien accomplir le tour du globe pour te comparer avec toutes ses habitantes, je suis déjà convaincu que tu l'emporteras.

— Ça ressemble à une déclaration, non ?

— Puis-je t'inviter à voir un film et dîner, un jour ?

Elle sourit.

— À ton avis, pourquoi la plus belle fille du Japon devrait sortir avec un garçon comme toi ?

— Parce que je suis une peste, un teigneux, un mauvais lutteur, un faux gros ou un faux maigre, mais je suis un vrai fan de toi, le plus grand fan de toi, ton fan numéro un. Tu peux me demander ce que tu veux, j'obéirai !

— Même de voir des films que n'aiment que les filles ?

— Sans problème. Pour toi, j'aurai des goûts de fille.

— Retrouve-moi ici, dimanche prochain, à cinq heures.

Pendant plusieurs mois, nous sommes allés au cinéma voir des mélodrames, des comédies romantiques qui l'enchantaient car elle adorait s'émouvoir et pleurer. Moi, je jouais les hommes, je faisais semblant de faire semblant d'aimer ; en réalité, j'adorais ça, autant qu'elle ; seulement à ses côtés, je retenais mes émotions ; ce n'était que plus tard, loin d'elle, que je sanglotais en cachette.

Je n'osais pas l'embrasser, ni la tenir par le bras ; pourtant, de façon évidente, nos corps se rapprochaient lors des séances ; dans les modestes restaurants où nous allions dîner après, nous recherchions la place qui nous collerait l'un à l'autre.

Un jour, je lui saisis la main et, presque sans m'en rendre compte, je la couvris de baisers. Elle frémit puis m'arrêta.

— Je te préviens, Jun, je ne m'engagerai qu'avec un garçon sérieux.

— Je t'aime sérieusement.

— Je ne flirterai qu'avec un garçon qui partage mes rêves.

— Présent !

— Je n'embrasserai qu'un garçon qui veut fonder une famille avec moi, qui veut avoir plusieurs enfants avec moi. Et vite.

Un frisson me glaça la colonne vertébrale. Je répétai, machinal :

— Vite ?

— Vite ! Si on réfléchit trop au moment idéal pour avoir des enfants, on est foutu. Mes tantes ont agi comme ça, elles se sont morfondues quarante ans. Conclusion ? Leurs grossesses n'avaient plus rien de naturel, ça devenait des épopées cliniques ; elles n'étaient pas enceintes, non, elles étaient malades ; ensuite, l'allaitement, puis l'éducation des enfants devenaient une course d'obstacles. Mes tantes, on aurait dit qu'elles passaient des examens avec leurs gamins, qu'elles les réussissaient, mais toujours in extremis, au ras des fesses ; je n'ai pas eu l'impression qu'elles étaient heureuses, juste soulagées. Je ne veux pas de ça ! Si on enfante jeune, dans le mouvement naturel de l'amour, ça coule de source.

– Ça réfléchit à des trucs pareils, les filles ?

– Sur beaucoup de sujets, cher gros tas de muscles à minuscule cervelle, les filles sont tenues de réfléchir pour deux.

À mon tour, je réfléchis pendant la semaine.

Le dimanche suivant, j'abordai la discussion dans le bus avant que nous arrivions au cinéma :

— Reiko, je t'aime trop pour te mentir. Je me sens incapable d'avoir des enfants.

— Pourquoi ?

— Parce que je ne sais pas être un fils. Alors un père... Je n'élèverai jamais d'enfants.

Ses pupilles s'embuèrent. Par contagion, les miennes aussi. J'éprouvai le besoin de me disculper encore.

— Vu les parents que je me suis trimballés, je ne vais pas reproduire leurs erreurs.

— Quel rapport ? Tu n'étais pas le parent de tes parents.

— Mes parents non plus n'étaient pas des parents. Ma mère : un ange qui aime chacun autant qu'un autre, un être qui n'appartient pas à ce monde quoiqu'elle y séjourne provisoirement. Mon père : un nom sur la boîte aux lettres, puis un nom sur l'urne funéraire. Pas de parents, pas d'exemples, pas de modèles. Je manque d'expérience en matière familiale.

— Tu inventeras !

– Pas doué.

– Comment le sais-tu ?

Je quittai mon siège et, lâche, sautai du bus en marche. Il m'était impossible de fréquenter Reiko, que j'aimais, en lui refusant ce à quoi elle tenait le plus.

Rentré à l'école, je me réfugiai auprès de Shomintsu.

– Je viens de fuir la femme de ma vie, maître.

– À l'envers des nuages, il y a toujours un ciel.

– Pardon ?

– Cette phrase zen signifie qu'il faut garder en tête le bon côté des phénomènes, demeurer optimiste. Le plus important, en ce moment, c'est que tu progresses.

Au tournoi de septembre, à Tokyo, juste après mes dix-huit ans, je me sentis prêt à débuter car j'atteignais une bonne synchronisation de mon état mental et de mes performances physiques. Pendant quinze jours, à raison d'un combat par jour, je me promis de prouver que Shomintsu n'avait pas gâché son temps avec moi.

Le premier jour, j'affronte un lutteur redouté, court mais lourd, qui compte sur la force de son impact pour vaincre. Je résiste à sa poussée, je recule, mains cramponnées à sa ceinture, soudain, je sens sous mon pied la limite du *doyo*, je pivote alors à droite, la masse passe devant moi, tel un obus projeté du fond de la salle, il hurle, il s'écrase. On m'acclame.

Le deuxième jour, je devine, lorsque nous nous précipitons l'un vers l'autre, que mon adversaire est plus agressif que moi. Décidant de ne pas me laisser contaminer par sa haine, je le considère comme un pur problème technique, un jouet mécanique à ressorts, j'encaisse ses petits coups frappés du plat de la main, je réduis l'amplitude de ses bras en coinçant ses épaules avec mes coudes puis j'envoie une brusque secousse à sa jambe droite : il tombe.

Le jour suivant, je ne peux pas lutter contre la poussée d'un adversaire hors norme – plus de deux mètres, plus de deux cents kilos. En une ruée et une prise à la poitrine, il m'expulse.

Le lendemain, un nouveau colosse se jette sur moi. Or j'ai réfléchi : les très grands hommes ont généralement un point faible, l'équilibre précaire, lequel vient de leurs jambes hautes et de leurs genoux fragiles. Je joue donc de rapidité ; vif, saccadé, nerveux, je glisse tel un goujon autour de lui ; déstabilisé, il me cherche du regard ; trop tard, il est à terre.

Les jours suivants, les spectateurs autant que les professionnels s'intéressent à moi. On attend mes combats, on les redoute, on les espère, je deviens l'étoile montante du sumo. Pour ce qui est des facteurs physiques – vitesse, poids, force –, je rentre dans la moyenne basse ; en revanche, je surprends par mon adaptabilité à l'adversaire ; parfois rusé, je frappe dans mes mains afin qu'il cligne des paupières, instant dont je profite pour lui attraper la ceinture ; parfois puissant, je le soulève en l'air. En quelques jours, la légende court que je suis brillant, virtuose, imprévisible. En réalité, cela vient de ma concentration. À chaque occasion, je plane au-dessus du ring, de moi et, par une sorte d'intuition de la scène, j'agis juste. Si le combat dure, je me concentre sur le souffle et la peau de l'autre ; dans son souffle, je guette la déficience puis j'attaque ; au frémissement de sa peau, je devine la décision et je la contre. Parce que je mets ma conscience en haut, le corps de mon adversaire devient minuscule, puis, parce que j'en suis convaincu, son poids devient celui d'un ballot de paille. Désormais, j'adore grimper sur le ring ; dans ce cercle de quatre mètres cinquante-cinq, résident des milliers d'histoires, mille possibilités de perdre ou mille possibilités de gagner, cela dépend de moi, de l'ennemi, de notre intelligence des situations et – un peu – du hasard. C'est la scène de la vie. C'est la vie. J'ai envie de vivre !

À l'issue du tournoi, je collectionnais plus de victoires que de défaites, les yeux se braquaient sur moi : j'allais changer de catégorie et gravir des échelons dans la hiérarchie des sumos. Une association de mes supporters venait de se créer.

Avec mes camarades et mon idole Ashoryu, qui venait de se retirer du métier en coupant ses cheveux, je fêtai ce progrès toutes les nuits pendant une semaine.

Le dimanche suivant, au matin, je me réveillai comblé, pliai mes affaires, nettoyai ma chambre et me présentai devant mon mentor. Le chant de la bouilloire m'accueillit dans la pièce vide où trônait un bouquet de fleurs.

— J'arrête, maître Shomintsu. Je ne monterai plus sur le *doyo*.

— Pourquoi ? Tu pèses quatre-vingt-quinze kilos et tu y arrives enfin.

— Comme vous dites : j'y arrive ! Le but, c'était d'y arriver. À m'étoffer, à me dominer, à me qualifier dans un tournoi. Cependant, mon but n'a jamais été de devenir un champion, encore moins le champion des champions. Ai-je tort ?

— Toi seul le sais.

— Vous avez répété que vous voyiez un gros en moi, pas un champion.

— Tu m'as entendu.

— Le gros en moi, ça y est, je le vois : le gros, ce n'est pas le vainqueur des autres, mais le vainqueur de moi ; le gros, c'est le meilleur de moi qui marche devant moi, qui me guide, m'inspire. Ça y est, je vois le gros en moi. Maintenant, je vais maigrir et entreprendre des études pour devenir médecin.

Son visage se tendit de plaisir.

– Merci, maître, de m'avoir remis sur le chemin, de m'avoir montré que j'étais capable d'y marcher.

– Tu as raison, Jun. Le but, ce n'est pas le bout du chemin, c'est le cheminement.

– Voilà. Je ne veux pas triompher, je veux vivre.

– Bien vu. La vie n'est ni un jeu ni un match, sinon il y aurait des gagnants.

Il se leva.

– Jun, c'est à mon tour de te révéler une vérité que je t'ai cachée. Je ne suis pas un inconnu qui passait dans la rue, je ne t'ai pas rencontré par hasard, je ne t'ai pas adressé la parole pour rien.

– Pardon ?

– Je suis ton grand-oncle. Le frère de ta

grand-mère Kumiko, celle qui a mis un petit ange au monde, cet ange qui est ta mère.

– Quoi ?

– Par les liens du sang, je tiens ta mère pour ma nièce. Je t'ai abordé à Tokyo parce que j'avais une mission.

– C'est elle qui...

Oui, son courrier m'avait demandé de veiller sur toi.

– Un courrier ? Comment vous aurait-elle contacté puisqu'elle est analphabète ?

– Elle sait merveilleusement se faire comprendre. Elle ne t'a jamais écrit ?

Je baissai la tête.

– Si.

Et je sortis de mon sac à dos son plus récent message. Comme je l'avais avertie de ma victoire par une lettre – ma première depuis des années –, elle m'avait répondu aussitôt en m'envoyant une branche de laurier qu'elle avait agrémentée de fausses perles en verre, me fabriquant une couronne de vainqueur qui exprimait sa fierté. À côté, un duvet de poussin m'expliquait aussi que, malgré ce triomphe, je demeurais son enfant.

Shomintsu examina les objets puis me tapota le dos de la main.

— Maintenant, viens, je voudrais te montrer un détail.

Il m'invita à le suivre dans son bureau où il alluma son ordinateur. En naviguant, preste, sur la Toile, il ouvrit un site médical.

— Regarde. Si ta mère est un ange, c'est parce qu'elle est atteinte d'une maladie rare, une maladie qui touche une poignée d'hommes et de femmes à la surface de la Terre, une maladie si inhabituelle qu'on la diagnostique difficilement, qu'on n'a pas encore cherché de médicament ni de traitement contre elle.

Il me désigna l'écran.

— C'est une maladie génétique. On naît avec. Cela s'appelle le syndrome de Williams.

– Ça consiste en quoi ?

– Une malformation cardiaque, une défi-cience intellectuelle – c'est pourquoi ta mère est demeurée analphabète – et des traits carac-téristiques, vaste front, joues pleines, large bouche, les malades ressemblant à des elfes ou à des anges. La conséquence sur le comporte-ment, c'est que les patients sont très gentils, trop gentils, incroyablement radieux, magné-tiques. Cela les rend optimistes.

– C'est une maladie d'être optimiste ?

– Non. C'est une maladie de l'être trop. L'excès devient pathologique. Ta mère relève de ce cas. Elle n'y peut rien. Personne n'y peut rien. Elle subit une maladie.

– Alors, c'est normal qu'elle ne soit pas normale ?

– Voilà.

– Donc moi je suis normal de trouver ça anormal ?

– Voilà.

– Finalement, il est normal qu'elle ait une conduite anormale, et normal que moi je ne le supporte pas ?

– Voilà.

– Donc, quoique anormaux tous les deux à cause de la situation, nous sommes normaux tous les deux.

– Oui, Jun. Vos difficultés avaient un sens.

– Quel soulagement ! Si elle est gentille avec le moindre inconnu, ce n'est pas parce qu'elle ne m'aime pas ?

– Elle t'aime, sans conteste, plus que n'importe qui au monde. Ne m'a-t-elle pas demandé de veiller sur toi ? C'en est la preuve, non ?

– Si !

J'éclatai de rire.

– Shomintsu : je pèse quatre-vingt-quinze kilos mais je ne me suis jamais senti si léger !

– Merci, Jun.

– Pardon ?

– Merci de m'avoir permis de réparer des années d'indifférence. Trop passionné par mon école, j'avais coupé les liens avec les miens ; je m'étais contenté d'aller au mariage de ta mère et ton père, des personnalités curieuses, extrêmes, bien assorties, lui renfermé, elle généreuse, puis j'avais pris mes distances. Grâce à toi j'ai reconquis une place dans notre famille. Si tu acceptes, Jun, nous irons la voir ensemble cet après-midi.

J'approuvai, fou de bonheur.

– Nous irons, oncle Shomintsu, nous irons l'embrasser, toi et moi. Auparavant, j'ai une course à faire.

Je quittai en galopant l'écurie de Shomintsu, attrapai un taxi dans la rue, le premier taxi de ma vie, une élégante voiture gris perle où banquette, appui-main, repose-tête étaient couverts de dentelle blanche.

Lorsque le chauffeur aux gants immaculés me déposa à l'adresse indiquée, je n'eus même pas à sonner à la porte car la jeune fille, assise sur une chaise longue, lisait un roman sous la charmille de la véranda.

Je m'approchai de Reiko et lui dis, les yeux dans les yeux, en avançant une main respectueuse vers son beau ventre plat qui palpitait de surprise :

– Je vois la grosse en toi.

DU MÊME AUTEUR

Aux Éditions Albin Michel

Romans

LA SECTE DES ÉGOÏSTES, 1994.
L'ÉVANGILE SELON PILATE, 2000, 2005.
LA PART DE L'AUTRE, 2001.
LORSQUE J'ÉTAIS UNE ŒUVRE D'ART, 2002.
ULYSSE FROM BAGDAD, 2008.

Nouvelles

ODETTE TOULEMONDE ET AUTRES HISTOIRES, 2005.
LA RÊVEUSE D'OSTENDE, 2007.

Le cycle de l'invisible

MILAREPA, 1997.
MONSIEUR IBRAHIM ET LES FLEURS DU CORAN, 2001.
OSCAR ET LA DAME ROSE, 2002.
L'ENFANT DE NOÉ, 2004.

Autobiographie

MA VIE AVEC MOZART, 2005.

Le Grand Prix du Théâtre de l'Académie française 2001
a été décerné à Eric-Emmanuel Schmitt
pour l'ensemble de son œuvre.
Site Internet : eric-emmanuel-schmitt.com

Éditions Albin Michel
22, rue Huyghens, 75014 Paris
www.albin-michel.fr

ISBN : 978-2-226-19090-1
N° d'édition : 25745 –
Dépôt légal : avril 2009

Achevé d'imprimer au Canada
sur les presses de Imprimerie Lebonfon Inc.